A todos los niños y niñas del mundo,
para que la cometa de los sueños los haga volar hacia la felicidad.

— Pilar López Ávila, Paula Merlán y Concha Pasamar —

Este libro está impreso sobre Papel de Piedra con el certificado de **Cradle to Cradle™** (plata).

Cradle to Cradle™, que en español significa «de la cuna a la cuna», es una de las certificaciones ecológicas más rigurosa que existen y premia a aquellos productos que han sido concebidos y diseñados de forma ecológicamente inteligente.

Cradle to Cradle™ reconoce que para la fabricación del Papel de Piedra se usan materiales seguros para el medio ambiente que han sido diseñados para su reutilización a través de su reciclado. La utilización de menos energía de forma muy eficiente, junto con la no necesidad de utilizar agua, árboles y cloro, fueron factores decisivos para conseguir el valioso certificado.

Las autoras y la ilustradora ceden la mitad de los derechos de autor de esta obra a la Fundación Agua de Coco (www.aguadecoco.org).

La cometa de los sueños
© 2019 del texto: Pilar López Ávila y Paula Merlán
© 2019 de las ilustraciones: Concha Pasamar
© 2019 Cuento de Luz SL
Calle Claveles, 10 | Urb. Monteclaro | Pozuelo de Alarcón | 28223 | Madrid | Spain
www.cuentodeluz.com
ISBN: 978-84-16733-67-5
Impreso en PRC por Shanghai Chenxi Printing Co., Ltd. agosto 2019, tirada número 1695-10

La cometa
de los sueños

Pilar López Ávila
Paula Merlán
Concha Pasamar

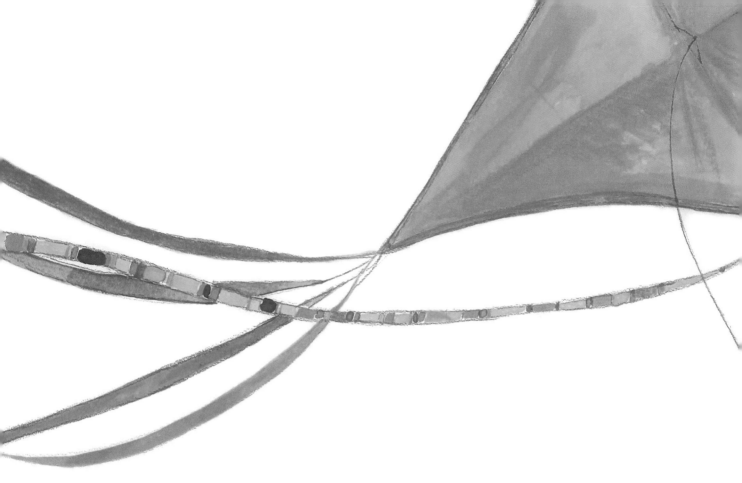

La cometa de los sueños vuela para reunir las ilusiones
y esperanzas de los niños y niñas del mundo.

Si quieres acompañarla, sujeta fuerte su hilo.

Déjate llevar por encima de las nubes sintiendo
el viento en la cara.

Llena de alegría tu corazón.

Y sueña con un mundo mejor.

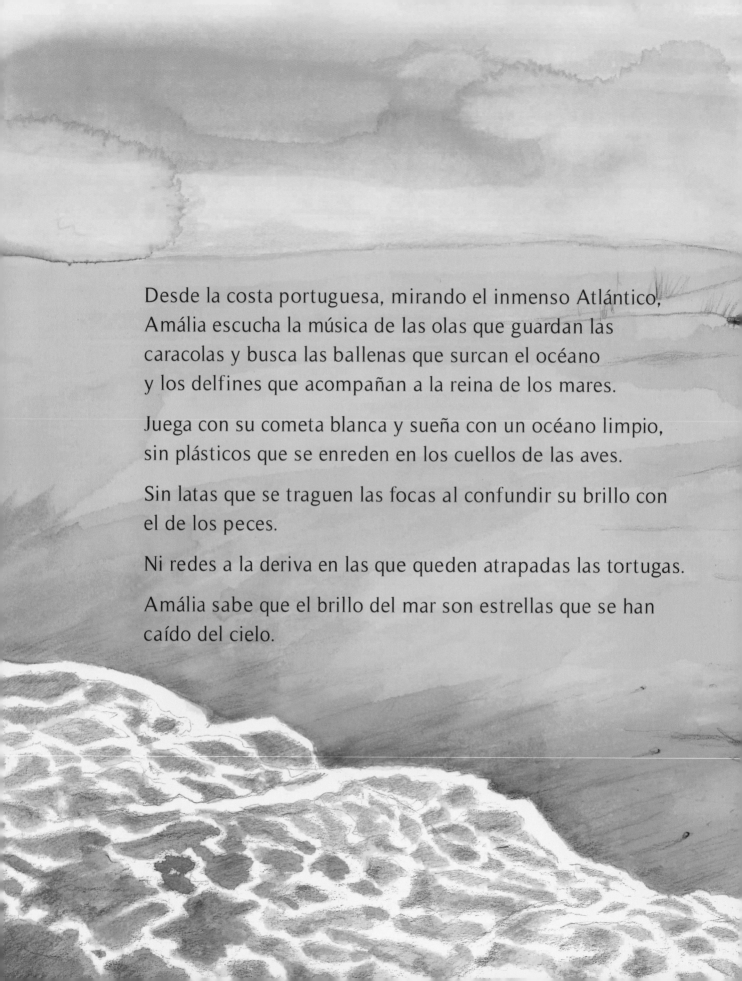

Desde la costa portuguesa, mirando el inmenso Atlántico,
Amália escucha la música de las olas que guardan las
caracolas y busca las ballenas que surcan el océano
y los delfines que acompañan a la reina de los mares.

Juega con su cometa blanca y sueña con un océano limpio,
sin plásticos que se enreden en los cuellos de las aves.

Sin latas que se traguen las focas al confundir su brillo con
el de los peces.

Ni redes a la deriva en las que queden atrapadas las tortugas.

Amália sabe que el brillo del mar son estrellas que se han
caído del cielo.

Juana vive en el sur de Bolivia. Tiene diez años, pero ya trabaja para ayudar a su familia. Apenas come un pequeño trozo de pan antes de marchar. Cada vez que usa su limpiador, sueña...

La cometa de Juana es amarilla como el sol. Vuela tan alto que llega a las estrellas. Casi puede tocarlas. Juana observa todo desde arriba y siente que nada malo puede sucederle. Llega a la luna y allí lee sus cuentos favoritos.

De pronto, el bullicio de la ciudad la hace regresar a la realidad.

Juana mira de nuevo al cielo con esperanza…

Mohesiwä caza impregnando las flechas de
las cerbatanas en curare, un veneno que inmoviliza
a las presas, y esto lo aprendió de su tribu,
los yanomami de la Amazonia.

Mohesiwä ve un extraño pájaro volando entre
los árboles de la selva y corre tras él atravesando
la neblina de la mañana.

Mohesiwä nunca había visto antes una cometa.

Y pide un deseo: vivir para siempre en su trocito
de selva, tomando de ella lo necesario, a salvo de
las máquinas que derriban los árboles y de
los hombres que gritan amenazas.

Seguir viendo el vuelo de los guacamayos, libre y feliz.

Y adornarse con sus plumas.

Un colibrí vuela sobre una loma de Haití.

Es la cometa de los sueños de Eliasen.

Eliasen camina descalza y se limpia el barro de los pies en los charcos.

Ayuda a su madre a vender agua de coco y plátanos a los que van y vienen por los caminos.

Cuando comienza a soplar el viento que anuncia la lluvia de
la tarde, Eliasen sube corriendo a lo más alto de la loma para
hacer volar su cometa-colibrí.

Luego se refugia en su casa de madera y sueña con una
de bloques de hormigón que no pueda derribar el huracán.

Empieza a llover.

México está mojado. Ha llovido demasiado.

Lis deambula por la calle, sin rumbo fijo, hasta que se encuentra con una tela raída, pero muy colorida. Siempre le ha gustado coser y remienda la tela con entusiasmo. La observa durante unos segundos y cierra los ojos. Su estampado la hace soñar con las flores, las mariposas y el bosque.

Lis convierte la tela en una cometa y la vuela junto a su hermano. Ambos juegan sin que la sombra de la violencia les moleste.

Cuando Lis sueña, el miedo desaparece y desea que sea así para siempre.

En San Diego, California, Matthew espera a que venga
a buscarlo su padre.

Van a ir a la playa a volar la cometa, la que le regaló por
su cumpleaños y aún no ha estrenado. Matthew
tiene todo lo que un niño pueda imaginar
para jugar y ser feliz.

Su padre se retrasa, como siempre.

Suena un mensaje en el móvil...

Matthew entra en casa, sube a
su habitación y recoge de nuevo
la cometa.

Quizás puedan ir mañana, o pasado mañana...

En Cable Beach, Australia, luce el sol. Jack llega a la playa.
Se ha dejado el móvil en casa. Este despiste le permite fijarse
en todo lo que le rodea. Por la arena mojada, se cruza con varios
camellos. ¡Camellos, en Australia, sí! A Jack le entran ganas de
investigar sobre ellos.

Aunque pronto piensa en si tendrá mensajes o alguna llamada
perdida. Una cometa inesperada y algo deteriorada aterriza a sus pies.
Le surge una idea. Sus manos se mueven rápido y hace magia.
Con unas varillas y una brida ha creado su propia cometa.

Cuando la vuela, Jack sueña con su madre. ¡La echa tanto
de menos! Trabaja demasiado. Está tan lejos...

Jack piensa en ella y sigue volando su cometa.
Mientras, el sol se va a dormir.

Esta noche no ha sido buena para Edwin.

Dormía al raso con otros niños y niñas cuando les han despertado unas voces extrañas y han tenido que huir. Se han escondido bajo el puente de la carretera, que es más seguro, aunque más incómodo.

Al hacerse de día, Edwin acude al hogar de los niños de la calle en Manila, Filipinas, donde le dan algo de comer y aprende a leer y a escribir.

Por la tarde, Edwin vuelve a las calles, donde se siente más libre.

Libre como la cometa que un día comprará.

Aunque por ahora solo piensa en sobrevivir, así que la cometa tendrá que esperar.

Xia vive en una aldea de China. Sale de casa muy temprano para ir a la escuela.

Por el camino, Xia se encuentra con muchos amigos. De pronto, le cambia la cara y se pone pálida.

Para llegar al colegio debe escalar una pared rocosa y muy peligrosa.

Por un instante, el miedo la invade. Aunque ella tiene un truco infalible: se agarra bien a la escalera de madera, sueña que una cometa la eleva y piensa en el experimento de la clase anterior, en el juego de lógica que hará en Matemáticas, en el diálogo de la obra de teatro... Xia sueña con que algún día será maestra.

Por fin la pared rocosa queda atrás y Xia continúa su camino. Lo ha logrado un día más.

Chandra ha tenido que dejar la escuela con tan solo doce años porque sus padres la necesitan para cortar la leña, ir a buscar agua, ir al mercado a comprar arroz...

Es la menor de seis y vive en Nepal, en las montañas de Bhojpur.

Su nombre significa luna.

A Chandra le gusta correr. Sueña con ser una gran atleta, ser más veloz que el viento que mueve las cometas con las que juegan los niños de su aldea, y sabe que algún día competirá en una gran carrera.

Mientras tanto, Chandra corre y compite con el viento que hace volar la cometa de sus sueños.

Vanko vive en Ucrania. Hace tiempo que la radiación de Chernóbil marcó a su familia para siempre.

Los alimentos que toma y hasta el aire que respira no son buenos para su salud.

Desearía tanto poder viajar lejos, respirar aire puro, volar sobre las montañas, nadar en los ríos y pasear sin miedo a nada...

Su cometa le permite volar con su imaginación hasta España. Allí pasa el verano con otros niños de su edad. Juega, ríe y disfruta. Vanko sigue soñando cada minuto, cada segundo...

Amunet quiere ser arqueóloga. Le encantaría encontrar tesoros escondidos, faraones desconocidos y alguna que otra momia en buen estado.

Amunet es muy valiente y quiere ir a la Universidad de El Cairo, pero no lo tiene nada fácil. Su madre siempre se lo advierte.

De pronto, Amunet sueña con una cometa. Tiene forma de pirámide. El viento se la entrega y juega con ella. Amunet susurra al viento su sueño más preciado. Al instante, presiente algo extraordinario.

Anja se levanta muy temprano y zarandea a Tovo. Si llegan antes que los demás, a lo mejor encuentran algo de valor.

A pesar de haber madrugado, ya hay muchos rebuscando entre los restos del basurero más grande de Antananarivo, en Madagascar.

Tovo es pequeño pero muy avispado, por eso a menudo ve lo que otros pasan por alto: tapones de plástico, cables de cobre, tornillos... Anja está feliz de tener a su hermano y desea que siempre esté a su lado.

Tovo ha encontrado, medio rota, una cometa con cintas de colores. Entre los dos la han arreglado con bolsas de basura. Esta tarde irán a volarla, impulsada por el viento que se levanta sobre el basurero donde aún permanecen latiendo sus corazones de niños.

Desde la pendiente donde se sitúa el barrio de Boavista, en una ciudad de Angola, Adilson mira hacia la playa. Está disgustado porque su cometa cayó al mar y se ensució tanto que ya no pudo mantenerse en el aire.

Las mujeres buscan peces cerca de la arena mientras Adilson excava un agujero que se llena de un líquido negro y aceitoso. Su padre dice que si el petróleo fuera de todos, no habría pobreza y no pasarían hambre.

Con suerte, a Adilson le darán unas monedas por una botella de litro y medio con las que comprará algo para comer y luego se sentará en la arena.

A ver el atardecer sobre el agua que un día será tan clara que no volverá a ensuciar su cometa de los sueños.

Ángel juega en los campos gallegos de Valdoviño.
La brisa eleva su cometa. Alto, muy alto, aún más alto...
Ángel la agarra con fuerza, pero se le escapa.
Lejos de preocuparse, sonríe.

¡El cielo se ha llenado de cometas de todos los niños del mundo!
Sus sueños se han unido. Juntos se han hecho más fuertes.

Los hilos de las cometas se sujetan con fuerza a la esperanza.
Las varillas y bridas se sostienen con amor.
Y los colores son los de la más absoluta felicidad.